中国诗人

许春夏

著

上国呦鸣

GUO●

YOU●

MING●

北方联合出版传媒（集团）股份有限公司

春风文艺出版社

·沈 阳·

图书在版编目（CIP）数据

上国呦鸣 / 许春夏著 . —沈阳：春风文艺出版社，
2018.3（2021.1重印）
（中国诗人）
ISBN 978-7-5313-5377-5

Ⅰ.①上… Ⅱ.①许… Ⅲ.①诗集—中国—当代
Ⅳ.①I227

中国版本图书馆CIP数据核字（2018）第048722号

北方联合出版传媒（集团）股份有限公司
春风文艺出版社出版发行
http://www.chunfengwenyi.com
沈阳市和平区十一纬路25号　邮编：110003
永清县晔盛亚胶印有限公司印刷

责任编辑：韩　喆		责任校对：陈　杰	
装帧设计：琥珀视觉		幅面尺寸：125mm × 195mm	
印　　张：6.5		字　　数：120千字	
版　　次：2018年3月第1版		印　　次：2021年1月第3次	
书　　号：ISBN 978-7-5313-5377-5		定　　价：26.00元	

总　序

　　中国是诗的国度。千百年来，人们沐浴在诗歌传统中，传诵着一代又一代诗人写就的经典之作。而伴随着现代社会和互联网的发展，信息的传播和接受更加便捷，诗歌的阅读与创作方式也在潜移默化中被改变，在信息量无限扩大的互联网世界，远离喧嚣、静赏诗意显得尤为珍贵。

　　中国诗歌网正是在这样的背景下应运而生。作为国家重点文化工程，中国诗歌网以建立"诗人家园，诗歌高地"为宗旨，迅速成为目前国内也是世界诗歌类互联网专业出版平台和中国诗坛最具权威性和影响力的文学阵地之一。

　　互联网时代诗歌创作的便捷激发了一大批诗歌爱好者与诗人的创作热情，他们在公交车上写诗，在工作间隙写诗，他们创作的诗歌作品贴近现实与生活，在追求好诗的道路上不断前进。春风文艺出版社有着久远的诗歌出版史,《朦胧诗选》和《汪国真诗词精选》曾一度畅销。近两年,春风文艺出版社一直致力于打造优质诗歌的品牌。本着推介中国当代诗人的原则,中国诗歌网与春风文艺出版社决定联合推荐出版"中国诗人"诗丛,共同打造"中国诗人"这一诗歌新品牌。该诗丛计划出版百部优秀诗集,在注重诗歌质量的同时,力求结合互联网与传统出版的优势,通过直观的文本呈现向读者介绍一批热爱诗歌、坚持诗歌创作的诗人,以期汇集中国当代诗歌优秀成果,展示当代诗人的创作实绩与创作风貌。

作为国家文化工程的中国诗歌网,推出"中国诗人"诗丛,也是在整个民族复兴的伟大进程中展示中国人崭新的精神风貌。因此,我们在百花齐放的诗坛,特别关注有家国情怀的厚重力作,提倡来自生活的独特发现,鼓励创新探索的艺术精品,推崇高雅纯真的诗情意趣。我们希望这套"中国诗人"丛书是体现诗坛正能量,能够引人向上、向善、向美的诗歌佳作。

我们满怀期待,我们也真诚希望广大诗人和诗歌爱好者关注这套诗丛,与诗同在,我们为此感到自豪和幸福。我们期待更多的诗人加入我们这套丛书,我们也期待这套丛书走进更多读者的心田!

叶延滨

2017 年中秋前夕于北京

序

　　生命里有一位诗人朋友是一件很奇妙也很幸福的事情，尤其是他还是你的同乡故人。

　　东阳是一座位于浙江中部的省级历史文化名城，素有"婺之望县""歌山画水"之美称，被誉为"教育之乡""建筑之乡""工艺美术之乡""文化影视名城"。自古形成的"兴学重教、勤耕苦读"传统，孕育出了众多的杰出人才。早在1988年，新华社就播发了一篇题为"百名博士汇一市、千位教授同故乡"的通讯，并被刊登在《人民日报》一版的显著位置，东阳作为"中国教授市"的美誉从此传遍大江南北。我的朋友许春夏就是从这片文化热土上走出来的诗人。

　　许春夏创作的诗歌植根于故乡。故乡是山，故乡是水，故乡是乡愁，但在今天，太多人的故乡已经成为纸上的符号，成为脑海中的久远记忆。经济在快速发展、社会在急剧变革的时代，我们的故乡还能"望得见山、看得见水、记得住乡愁"吗？这是当下许多人面临的共同困惑。

诗人许春夏一直努力在用他的笔留下自己的故乡，并用他的诗唤醒和强化着如我这样无数同乡故人的乡愁。他依然记得"村口的古桥"，依然怀念那个"已经一百岁了的外婆"，他在自己的内心深处开辟出一片属于心灵的麦地——在那里，他优美的吟唱宛转悠扬，他孤独的思考熠熠闪光。可以想象这样一幅画面：久居繁华大都市的诗人，面对着车水马龙和霓虹闪烁，就在一个个日落后的黄昏，隐身街角，独自体味着现实中的喧哗与想象中的壮丽，这就是许春夏。

生活在喧嚣里，我们不仅需要乡情乡愁，更需要站立在泥土里仰望蓝天。诗人许春夏通过自己的写作，不仅保存了自己心中的山水人情故乡，而且保存了文化中国的精彩片段。

在同乡诗人的又一本诗集即将出版之际，写下寥寥数语，是以为序。

杜飞进

2017 年 8 月　北京

目　　录
CONTENTS

稻草的视野

目　录
CONTENTS

目 录
CONTENTS

目　录

CONTENTS

目　　录
CONTENTS

若叶町

小和杂章九题

目　　录
CONTENTS

目　　录
CONTENTS

酒我喝过了

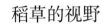

稻草的视野

我在阅读一双草鞋

我在阅读一双草鞋
想象现在穿着它
排在长长的队伍中
过雪山之巅，草地之心
稻草的视野
穷，也能立传

其实，我已经看不见稻草
只确定它作为血脉存在
与军衣衣条缠绕
已成布鞋
不，还是草之鞋

布条缠绕
承传了几分天才的思想
成为教科书中的真知灼见
显现伟大的伏笔
布条缠绕

照例透出它的倔强，幽默

即使山重水复

生命也总会在

陡峭的缝隙中奔腾

玉 米 花

遵义城外的一块玉米地里

一串乌鸦的叫声

打穿了初春的胸膛

我踉跄了一下

手心捂到了一颗尖辣椒

一句革命者

重复了千万遍的台词

一个十六岁的红军

来自瑞金

迎不到马上要到的春节

他牺牲在一阵阵爆竹一样的枪声中

我不知道该拿什么证明

许多庄稼生长过

我走进玉米地
翻一遍玉米秆空空的口袋
凄厉中，找到了一朵
火药铳炸出的玉米花

肚皮空灵
生命却在追随绝顶

画外桐坞

茶叶篷，一行一行
我首先有了弹钢琴的冲动
游步道，一曲一折
我又像一个音符在跳跃

从茶园仰望到山林
不仅止于郁郁葱葱
从蓊郁到蓝天
思想忽然澄明

这连绵之心

心领神会了多少岁月之唯美

一切比以前任何时候都在高潮之中

比如古树、竹林、房舍

乃至石头、水、小狗，都在动画中

许多我得不到的东西

俯拾皆是，交叉传播

一阵阵领取了秘诀的风

与我相遇，弄堂品味之

皆是进之深邃和出之浩瀚

舒展的姿态

精致到细小，珍贵到平淡

我跳进古井的眼眶

深吸了一口

灵魂直饮，扫尽倦容

唤醒

藏在叶子深处的蝶声

个性十足，与我光芒一体

今天，是一个叫小雪的日子

今天，是一个叫小雪的日子

小麦长出了粗壮的冬景

甘蔗林削好了无数画笔

我从榨糖厂飘来的风中

闻到了甜蜜，还有

晒了一地的红曲

如今的一切

都变得高大了

包括茅苇的电视剧正在开拍

我该如何描述这个出发地呢

从山峦间望去

已不再是粗糙横亘的锯齿

这重山万壑

好像就是用画水来奔涌心潮

洪塘是否越变越美，还是

仅仅保留了外婆在时的明媚

这是最叫我伤心的联想

晨霜绝情，小雪却在节气里缠绵

我总站在小溪口思忖

天上阴影，无论什么时候

为什么总是跟着我走呢

我奔跑，借力一条蜿蜒的小溪

神秘而亮亮的人生

在一条通往风景的新道路上

许多野菊在歌唱

一地的风景晚稻比清风单纯

我收割，弯腰，挥起镰刀

一副丰收在望的神情

而生活寂静，如门前的潭水

短暂的回忆，仍可

窥见时代恐惧过的画面

多少人驻足在此，赞叹如梦

一生都不想离开，却不知

他们赞美的笆篱与鹿寨的语言

正是我找到寄托的事物

许多美，舍弃了奢华

有些陌生，剔除了危险

我手上大把的米花糖和鲜花

知道该送往哪里

我羸弱，有时还孤僻而羞涩

这正是洪塘村乡道的样子

这么多事物都被安排在画里

如我的身体随隆冬塑造成诗句

我的籍贯在唐诗里

唐诗三百首

我在寻找

与我相关的那一首，哪怕

只有一句，可我

找着，找着

找到了跪着的自己

那我，是不是正把它作为绝活

养心、生活

我看到的每个字都来自《辞海》

有些已经奄奄一息，有些正随

诗的韵脚，活着，身心解放

我从中找到了仪式感

我不是一个人的锦衣

我是字的香醇，是身体的肋排

不允许半途而废

甚至，我认为

我的籍贯就在唐诗里

把我当一条鱼养着

一滴春雨

在叶梢上演示跳水

莞尔一笑后

是它着地后的腾起

这舞蹈

它提升了

我开春后的心情

水果味，探戈声

新开通的高铁

奔来了新的水土

我下垂的眼皮重新抬起

包容了运动的卵石和艺术的芦苇

它们目标一致，都是

为了把我排成鱼鳞状

当一条鱼养着

并忽上忽下地荡漾着

闲　林

新居闲林

却不知闲在哪里

人生需有的林

又在何处

遇上一场雨

才发现

河道躺着树木

小溪卧着虬枝

水面树皮花绽放

撑一把伞

徜徉河岸，羽毛丰满

真像一只鸟一样

如是，闲林镇的街巷

不也是参天的古树吗

街头的人

就是鲜嫩的叶子

玉的圆润，涟漪的闪电

缓慢而动人

我的想法

有神圣的疤痕

却已成一脉山水的风景

舒家村又见炊烟

一只开屏的孔雀

盘桓在舒家村的图画之中

这是童年最养眼的风景

唤醒了我的眼睛

山峰树杪之巅

有它的细腻真迹

溪涧泉水之源

有它的幻化成就

一颗永远抒情的心

今天读来更美，更温暖，更有真味

门不一定开着

炊烟一定会涌出

草坡上的野草和昆虫与它相关

排着队的炊烟

透出的是刚健与婀娜

一呼一吸

山村妙手天成之奇葩

如果异乡有呼唤

那一定是炊烟

对它倍感亲切

总是在无以托付的时刻

炊烟里那双灵性的眼睛啊

让我把故乡望成最温暖的方向

穿 越 空

山顶电台广播宇航消息的时候

我忽然觉得，海螺山

不再是我一个人的阳台

我与草木的聚集

是一种发射前的静候状态

我的想象有动力地推进

一地腐叶，可否做燃料

让我也完成一次发射

松脂的纯度，风景的音乐

我的热情，已足以超越黑暗

坐姿胜过盆景

忽略虫鸣，仅我的目光

就可以把一个晚霞烧旺

这是我内心

与宇宙飞船的高度重合

带着剩下的燃料

卡着点，发着光

在一起奔向有光的地方

这反而让一切变得简单

不断丢弃笼罩

遵循轨迹之心

升腾思想和翅膀

我轻盈得无以为敌

宇宙之风抚摸额头

星座之光视为未知的开头

如此感应若是真的

回忆和爱，都可以腐朽

让眼前的叶片、花朵、阴影

要么飞行

要么放下一切源头的探寻

去势不可挡

去尘埃落定

去穿越空

我与大海

我沉默面对，但敞着心扉
大海汹涌澎湃，更加胸怀宽广
我满足于这样的蓝调关系
不惜把船影望成废墟

我以前喜欢海的蓝调
现在还是一样
但一次次面朝大海举行口哨独奏时
我的努力总成徒劳
我只是一根桅杆
有海的激动、浪的畅想
我的挑战来自海风
它以瘦骨嶙峋的雕刻艺术呈现
并回忆它亲近过的一切
此刻，我站在万座毛顶
却想潜入激荡的海的深处
去看看珊瑚，或者
与鱼共同游上一阵子

是因为我忽然相信海潮线

是大海性感的拉链在解开

虽说我不年轻

但也不精疲力竭

恰是大海深处飞来的那只海鸥

啄醒了沉默中的我

我渴望喊出

渴望巨兽般地吼着

这是海湾才有的声音

是我即使老了也会觉得美的感觉

整个世界都愿意像我一样

崇拜大海的流放

整个大海都在万座毛下聚会

以万座毛为舞台

首先是阳光，提供了

我需要的无尽的鲜血流量

接着是风接受了新的演出规则的安排

它保证每个人拥有舞台

也拥有独特的分贝通道

甚至是刚刚发生的远处海沟底的地震

也新奇地以甜蜜颤抖指数来发布

这是我要的结果

今晚，银河本身就是可以企望的海滩

这不是我的臆想

这是我与大海面对面时

我最坚定的思想

在大海的盛名之下

在我为海伴奏的悠扬的口哨声中

每个海浪都扑棱起了翅膀

梦想家园

既然还看不到耸天的大厦

那就先俯瞰深沉的楼基

感恩般地凝视，瞬间

我就成了一段钢管

向大地注射一些问候

我不知道

博大的天空与高速上驰过的汽车

该是怎样的情节

兵马俑，火山口

是以怎样的方式交流

林立的钢管让我看到的是故园的柴扉

让我难过的族谱般归宿的含义

离得很远也能听清

给力，霸气，久远

沙盘前赤裸的赞美四射

一切却都源自柴扉后能够喂养一生的歌谣

以后，楼层会一层层升高

以后，心情也会一天天提升

早晨的贺礼

一个婴儿

手扶着母亲的乳房

炯炯有神的眼睛

看着公交车上的

吊臂、车站牌和防火提醒

我感应到了自己的乳名

窗外，许多叶子

闪亮着词语的优美

这些自然的微粒

包括虫鸣，都喧嚷着

向世界送着谱系的贺礼

上国呦鸣

塔东山脚（组诗）

稗　草

一群人，整整一个下午

在秧田里拔着稗草

揪心

抛弃

摆脱后

它们成了一群野羊

整个过程

让我卑微地着迷

人人头颅低垂

仿佛在看泥土上浩繁的经典

此刻

一切对黄稻谷的赞美

都是抱着灿烂的晚祷

插　秧

一部长诗刚刚开写
感觉每个字都很新美
我愿意
就此鞠躬一天到晚

有人爱把它叫忍耐
我也愿意坚持
这样对土地的捆绑

三个指尖抓秧的手势
如一次次在指头上的舞蹈
格局很大的场面
心情一天比一天转好

溪　流

我爱把自己
藏在上国桥下的溪底

像藏回

一个女人的腹部里

看溪石翻书，壁画展览

尽管腹部空空

却能与泉水一起垂涎三尺

我用砂岩磨出红红的浆液

让其成为一流

把心中的卷轴展开

这尽情流淌的经流

最容易让故乡渐行渐远

桃　子

一边吃着桃子，一边

开始端详这个早晨的彤红

此刻，凭着桃子松软的弧度

我轻触到了母亲的肌肤

家乡已没有了这个品种

我快递去的仅仅只剩一个名字

母亲说，不用了

现在家乡到处都是桑葚

只是她也说不清
这些桑葚来自哪里

井

深居乡野
很容易望天空成瘾
瘾之极
戒掉浮动的辞藻与修辞
剩下的依然是口井

深井之水貌似已停止流动
几粒卵石，放大成古人的坟茔
一动不动
夏天干旱那年
全村人都来挑水，总也汲不尽时，才知道
能一次挥霍尽的水不叫源流

井水很冰

它喂养出的人却有炽热的情怀

鱼养不住的地方

慈爱反而源源

无限，高洁

一而再地沉溺

一而再地提出井口

局促，充满期待，刚刚有

自己可以照顾自己的美好

炊　烟

一柱天天升起的炊烟

把一块我常坐的崖石烧成了宋瓷

这是炊烟的宗教

它比塔东山高，也比塔东山低

与树叶一样的风格，完全地不表现

无论我昂首或低眉

都有这柱炊烟的自然升起

炊烟袅袅，保持着

与雨水、雪花或阳光一样的元气

为了心灵的饥馑

我一次次手把黄松毛，一次次

却像捋到了炊烟的根须

我走进小巷，原想寻找它的基因

却发现这把犁铧

久久地，在深耕我的心

寂静是乡村的美德

有没有人探究

一株玉米

能爆出多少欢声笑语

乡村的美德

以寂静排列

完全是一种天籁

岁月会有些意外

却丝毫不影响

拔节对寂静的崇敬

一粒种子

让田塍拉开衣襟

寂静里面

哺乳着呼啸的基因

乡村的明信片

都是运用了

雨后天晴的寂静

红枫、森林和湖水

证明寂静有些孤独

但绝对不是衰美

越无病呻吟，越幸福

开门就是

寂静中美好的刷屏

蹦跳出一条条

寂静的通道

纵然俯瞰花草

也是寂静的不问冬日

我们都是这世界的客人

寂静而来

伸手抓住几粒

都可以手感强烈

原　乡

家乡盛产糯米
可以酿酒
甘蔗林连片成畈
可以制糖，金黄的砂糖

我渴望小溪水
也能酿成酒，这样
冬天就不用向火借暖
更喜欢黄土坡
堆成砂糖，向天空
展现厚实的肩膀

这样想着
想着
诗句成了红曲
梦变得金黄

父亲的双眼

你睁着的双眼
势将成为我的痛点
满是玻璃屑和辣椒粉的感应
我毫无良知的手，让你合上
尽快与死神同行

我是多么无奈地
看到花的枯萎
纵然能穿越隧道
能熟练运用电影技巧
褶皱依然。我
你死亡之刻的新生儿
打开地狱之门
旋转起木马
还有一些女孩的腰肢
如此便可见
门前的两个藕塘开满的莲花

上国呦鸣（组诗）

上国非国

从占冈山背看上国
是一片青山
相依相偎的模样
这让我
改变了看X光片的习惯

从南门溪里抓起的河蟹
都会有上国溪水的红
这升级的溯源
总让出路水复山重

把墙头飞檐望成白果树
把村前村后的山峦隐去中流砥柱
把三个连成一排的门前塘
杯盏交错
上国非国，我即国

就不及坐上一会儿过瘾

双手握住温暖的内心

双眼着迷一个个简单的日子

在互相交口赞赏中舒展

听滴泉的木鱼声

炎夏越是恐惧

那泓清泉越是冰清玉洁

上国村的子宫

与众并无不同

以前祖父汲水，以后是我

一次次空桶撞击后

一次次感受却都不一样

仿佛真正的身份需要发现

扁担压在我的肩上

就不可能是电影里少林寺的和尚

一样浪起，舞蹈

我看清了，它是

肉体与肉体之间的深意

它从不远行，四周的刺猬草

也是有光芒的寂静

一两个企望卧在潭底，不尚激情

梅雨季节的情欲浮云而过

翻来覆去，也是时间的凉意

在一个清晰的境地里

只为听滴泉的木鱼声

一瓢瓢善的念头

开成了花蕊，沁出了果汁

松 毛 须

上山的路上，松毛须满坡金黄

外婆，一撮一撮地拨着，像梳着

一个人的辫子。这时

时分黄昏，一切更接近燃烧

松毛须不是从远方吹过来

是从结着松塔的松树上落下

青涩的投影，金黄色的披肩

重重叠叠，轻似鸿毛

却也是依偎着生与死

夜晚正渐渐把乌云聚集

我不会让哀叹停留在眉睫

这片山坡上的每一次生命闪光

都会在新黑夜，以最好的光源

最美的舞蹈者出现

我熬出一锅白粥

这月光的清流，谜一样入喉

我是一滴波浪滚滚中的露珠

在青松针的尖顶，凝视，并徜徉

坡顶的酒神

我常常在凌晨醒来

不是惊恐，怀想，或者说

准备鸡一样啼早

我是站在家乡的山坡上看

夜空沥出的晨曦

会否成为今日的酒酿

从我离家的那天起

故乡就是个名词

家也是恍若前世

以后有的思念与问候

都冒着生与死的祭祀之烟

就像村里后山的两面

一面陡峭、锋利

如我的前世

一面和缓、宽容

如我的今日

经历过的人和事

或成悬崖，树根，地衣

都有了自己的今世

但是

我一旦站在坡顶

却觉被葛衣连缝在了一起

许多最初，让我着迷

许多人和事，被淹没

也非断无新意

有雨时，淅淅沥沥

没雨也可以舔舔嘴唇

——多有味道的头曲哇

滋味的后劲超过了我的出生

难道我是家乡酿出来的人

我不说话，我不歌唱

我只是默然

就可成为坡顶的酒神

这拥有众妙的隐喻

老宅里的兄弟

没想到古宅会这样安静

一切人和物都是解放了的多余

以前的生活，如此低级

敌不过一件滑倒在地的蓑衣

一角还住着我的一个兄弟

他一天就可看尽我一世

抬头垂眼皆是神秘

空隙处，没有一件俗物

一半的房屋归他

他却没娶一房媳妇

他见我，两只手搓着玄机

杉木纹理绽放着笑意

他的出生地，我的出生地

我期望有新世界拔地而起

里面却有一些阳光的灰烬

凝聚在这座唱着颂歌的佛堂

泥　罐

一个酷酷的泥罐

就是我的童年

故乡

以这样形象和嘲讽的原创

让我拥有这个乳名

这时，泥坯的滑稽、天真和无奈

恰当地与我的起伏、瘦弱、朴实

搅和在了一起

釉彩狂奔不止

像那年村里一个小水库的决堤

我借助泻势，逃避了

山坳，故居，门前塘的窘迫

同时把闷声不响丢在了故乡

让青春在釉画上舞蹈

并振奋手臂

飘零的怀想

放成一团外乡的光焰

印象江湖

我把故乡贮放在泥罐里

白天致以崇敬

深夜聆听吟唱，然后

窑变出新的肖像

以后

无论成为样品

还是被倒扣在地上

我都不会消失不见

土地上的泥塑

坐在马赛克的阳光里

怀想一摊筋泥

一个属于家乡的童话

一个男孩，晃摇着

正在尽情踩踏一摊筋泥

他的父亲

把稻草和石灰搅和在一起

是希望污泥有筋，黑白分明

这样才能与墙一起挺直腰杆

这样的做法

与墙壁一样有些老套

生于平庸

结果却很梦幻

他的父辈用抚泥刀

做成了烟囱、窗户、婚房

和一家人的一次次的喜悦

并安然无恙

这是土地之上的一次次泥塑哇

其中的一滴

成为我脸上的美学

我父辈手上的抚泥刀

喂养着饥渴和好奇的眼神

这一摊筋泥里

有我的一些泪水在里头

这也是我对故乡既爱又恨的理由

但午夜梦回

我总靠踩踏催眠

我继承了晃摇

这个现实与梦想重叠的童话

小溪口望故乡

我在小溪口望故乡

在望江山翠绿的摇篮里

外婆安眠在里面

故舍与村庄为她守着灵

筑在山坳里的小溪口，波光粼粼

像外婆投向我的目光

今天，早已没有她的日子，我看见

天是碧蓝，花是粉仙，水波深黛

具足一切的颜色

让我在最大的恩典里沉醉

已收割不尽的离离野草

一次次睡着醒来都是嫩嫩地疯长

我在溪边等她

任太阳徒然地落在西山脚树枝上

外婆已把回家的道路遗忘

想着，在一些冷漠的传说中

夏天也能感到悸动

我努力采着棉花

平静地望着小溪口

懂得，想辽阔，要日积月累

想听到婉转的歌唱

要坐在无声的小溪边

想无拘无束生长

要在风的舞动里想象

梦想是一只白鸽子，很休闲

与小溪口一起呈现原生态的优雅

我是有伯母的人

我是有伯母的人

她从北京来到浙江做了我的伯母

她与我的联系

更多是一声问候或一席长谈

每一次我却都披上出发的阳光

这些阳光

其实就是外婆的新衣颜色

每年初一穿在我身上

也是祖父深邃的目光

他早睡早起，为我指出一片

来自松树丛中的雾岚

现在，他们都不在了，都已离开了

伯母，这一缕暖阳

却总在我的心中徘徊

每次，我看到她居住的城市
看见她，总有些雨后初晴的激动
她却平静如水
仿佛我从未离开过她
她不怀旧，对往事也不如数家珍
对当下却相当通达
她让我相信
这个世界其实可以不变化
更不用天翻地覆
简单质朴蕴含了纯粹的力量
足以让我应对这时代的慌张混乱

白　鹤

一群白鹤，刚刚从山中飞来
我辨得出，其中的一只
正是几年前飞进山的那一只
现在，它叫得亲切，站得很美
唤醒了溪岸久违的初始

我也是刚从山中下来

像一摊水膜拜在它的脚底

这天堂一样的感觉

容易引起地狱般的回想

我想人生若有转世

我就想成为一只白鹤

至少可以与它一起飞

就此，我看到了一束光

辐射出它身体的白

这消失了酷热的童话

让我不再沉醉于迁徙

寂静中，以大牌范儿

忽飞忽停

守住草尖上的轻盈

我看见外婆在卖菜

我看见外婆在卖菜，旁边没有我

我提了一个空篮子，站在时间之外

一只蜜蜂，叮在了
若喜若狂的黄花菜上
外婆，切了一块冬瓜
她说，老老的，就像我

我没有在意象的选择上反复逡巡
我想把对土地的赞美都盛进篮子里
她羡慕，感激，更像是欣赏自己的产出

奔放的丝瓜，狂野的土豆，瘦瘦的豆芽
她营造出的市场一隅，既不宁静
也不喧嚣，活像一片脉径清晰的菜叶子

我装了整整一篮，掏钱时一算
外婆，已经一百多岁了

家乡十六行（组诗）

荒坡上的野草

我常常背着整个村庄的人

去看后山坡上的那些野草

此刻，我悲悯的心情

与草丛里的野花籽隐约可见

这些荒草，绝不是山村的弱点

也不会仅仅发轫于柔性

在"秋风"的环境下变黄

是一张地图山河纵横的时间变迁

我无法用肉眼看清所有微笑

但我观察得到

至今仍在的风度翩翩

当一个族群对热闹没有概念

足以让灵魂在任何草尖舞步蹁跹

我们都是山中的人物

以一种在世的眼神俯视着小山村

这个秋天即将结束

但却不是最后一个秋天，包括冬天

大会堂里的灯光

一个村子的人坐在这里
是来领取同一份光芒
叫紫云英和大麦来忆苦思甜
也是因为它们拥有旗帜鲜明的春光
鲜松木窗外天空无云，画水澄莹
我们却更习惯在光的昏暗中感受亲近
全村人像是患上了同一种毛病
动作亢奋，演出一种熟稔的生活
我由此看见，慢慢消逝不是必然
在光的呼唤中冲破黑暗就是信仰
我们渴望过，尊崇过，也怀疑过的
正是我们很难离开的光芒
我将跟随一个人回到家门
像我刚刚从一个群体的颅脑中走出
我们的脸部曾经如此亲近
身处黑暗，也能随时辨认出对方

故乡的福田

千篇一律，或天花乱坠，故乡
你呈现给我的任何结果，我都能接受
像今天怀抱玫瑰，怀抱忆想中的铧犁
任何结果都是你爱后所生
都是为了摒除我今生的颓废
所有的鲜嫩的长出都很梦幻，连我
祖辈的遗憾，都在恰当地葳蕤
你正在改写万物的历史
向它们脚底涌去的，是你判断正确的肥水
一切喜悦在感动的时间里碰撞
天空弥漫着散满芬芳的回响
让冬天沉浸在自酿的迷醉中
并向歉收的年代颁发祭词
胸怀的宽广湿地
是让春天翻滚起时髦的立领

线 绒 衫

又一次穿上线绒衫

依旧酷得让我心颤

三十年时间仅仅洗尽铅华

素雅的魂灵愈加清晰可见

这会不会就是一首唐诗呢

无论何时，都是心平气和的读法

又会不会就是传说中的永生呢

自然之心以芨芨草势蔓延

受到过无数次捶击和旋涡

却没有成为时间的垃圾

它是品牌，以温暖做附加值

它是风筝，飞翔着多少稻茬的赞赏

其实一年到头，我也就穿上一二回

像我一年到头只上祖坟一二趟

但这脐带的编织一旦成形

年年总有蜡梅在胸口开放

一片择子林

秋风在择子林中歌唱

树叶在脚底习习作响

我来检阅是多么不合时宜

此刻氧气最容易让我解毒

当然可以像树根青筋暴露

也可以像枕木横亘大道

这一切却注定是腐朽的裸露

除非为桥，为一段小鹿踩着的五线谱

丛生，让许多密码潜伏

连微笑都只能在树的皮鳞中意会

温暖肯定比木屋更小

上国村的疏远，也就扑朔迷离

我以前曾经在这里生活过

却好像没有了踪迹

这片树林努力地袒露情绪

越如此，家乡却越幽深无比

芨 芨 草

没有祝福，芨芨草缠绕着沙土

不是为了挣扎

生命在自然之上繁衍

有嫩嫩的诱惑，也有美的年华

芨芨草一寸不离地守着桥岸

听着溪水声，步履匆匆

一开始就有炊烟熏陶

一开始就喜欢在大樟树下蹲守

我拔着芨芨草，为了唇齿留香

牛咀嚼，肠胃发酵后，为了让旅行者发现

它不仅仅是草

是溪岸分裂后的无限

这像是打开书的第二页面

芨芨草经历了一段漆黑后准备过桥

身后是我的故乡

一个常把梦叫醒的地方

村口的古桥

上国村口的一座古桥

像一个老农挑着担一般平静

我的内存锁着它的生平

由一架童年买不起的订书机订着

今天，我的命运拱起了彩虹

才看清许多无知的甜

原来是由一个眉眼括号着

我还看清，它为我守着一个音乐厅

我出行在外，是它时时在提供输入接口

溪底滴泉，唤醒我的身临其境

谁会蜂拥而至

除了溪水有时节的念念有词

今天，我头枕着桥身

不是希冀鼾声如潮

我是在它本身就有的伟大中

匍匐，跷起，致敬，直到舞蹈

你为我准备了这么多

——赠卫国同学

你为我准备了这么多

你引起了，我的童年，少年

和离开家乡几十年来的忆想

聚拢成故乡新的模样

我还在等候什么？迟迟地不愿下筷

是等待一阵雨，一个闷雷，抑或一道闪电

让它们也来赴宴？

它们赶到只需一阵风

但它们似乎也在等待

南门，天地安排的一场等待

在你我的等候中等待

天动容了

山峦隐退，劲雨舞蹈，并吟诵

你为我准备的这一切

是让故乡，在我的心中永远活着

没有了聚散，快乐地活着

南门，你不再让我面目全非

最初的营养

——赠许创生老师

每当看到叶子在反光

总觉它就是故乡

辐射出的一种光芒

许多故事的亲密关系

都从学习观察一朵花开始

从中看到噙含的晶莹

转瞬即逝，也是永恒

让怀想定位在一个丘陵

拉近的是一个村庄、一个学校

和塘边的一棵树

那里留有我们的眺望

这时的麦穗长着柔软的锋芒

甘蔗远没有目标

蜻蜓不知道惊慌失措

我们总像缺乏营养

但知道那最初的营养种在何方

小　满

再一次望故乡，是在小满

绿色再一次丰满了山冈

这是不是就叫望乡

我首先该把村口的大樟树眺望

在邻村的一个客厅里谈天

尽量不用故乡盼归的表情

可为什么我总听见

风撞开那个樟木的楼门呢

话语很细很细

内容馨香缭绕窗外的河山

楼板吱嘎呻吟，会唤醒

这昏房里游荡着的幽灵

大多数传说都发出香樟味道

可以预知黑暗，但不埋怨生活

像屋檐鸟窝里的一次次诞生

多少年了，我没有回村，更不愿上楼

只用心藏了一个凭窗远眺的眼神

一个欣赏的人，一个闻香的人

在一声响雷后，留下了落单的痛感

磐安诗章

海螺山上（组诗）

闲居安文

闲居海螺山上，常像
一个陶罐敞口山中

山绿是空，天蓝更空
我想守着这一个洞府，就不敢
轻易说璀璨

用轮廓勾勒，是有
一株灵芝等着我入世。不肯迁徙
到宋朝，我就想着今日美好
往沉重处说，即使
我细碎成渣片，却也是矢志
不淹没于无有。入夜
根须闪亮于街巷
是我注入的波浪
一束永不发霉的光亮，常常

把那扇凭空的门扉叩响

海螺山上

已不是第一次

我站在海螺山上，倚栏俯瞰

像一簇贴地的苔藓

妈妈不知道这里

她在古宅，院里开着月季

我站得很高

比我更高的是苍穹

因为仰望，我已溜走了许多时光

山峦起伏

直到涧泉流过眼角，才知道郁闷已久

在这一时刻

最关心的是身旁苦楝树，早上噙着泪

中午昂着头，此刻，一团古寺的浓荫落在额头

在这个陌生的地方

我选择了俯瞰的角度

一边藐视，一边赞扬

已让我整个下午得到保养

我不是在月球表面

我是流行音乐，在山峰合唱中排毒

在接近黄昏的背景里

从故乡，从远方，一条条山路匍匐在脚底

是谁将来拜访我，我被谁惦记着

吹一阵风，看到我在振翅欲飞

在这一时刻

山脚的小城已灿烂夺目

各种声音的波长和音高充满动感

四周群山恍若千佛隐现

我的双眼炫亮了

我的双肩披上了哈达

我要牺牲我自己

只为今生今世

民　宿

多少次，我问自己

可不可以在海螺山造一个民宿

用芍药花粉、负氧离子做料

如此奢侈，却是土产

我还可以用竹笋做窗棂

无须凿洞，花开四季

偶尔，从邻家拔来一个眼神

心就能翻山越岭

更可以用诗和白云乱炖

东坡再世，伤痕也成地鲜

我曾自叹自己

不知曾寄居城市的哪一层

这里可以有真爱的一块

看杨梅从庭院里红起来

我在阳台、房间里拥抱蔚蓝

并让心情冲浪

而后，与山峦一起打坐

与它们保持相同的睡姿

虽也是为了逃避炙热

但有所忌惮，却已无所畏惧

这一切都是因为那团柔光

我无理由地爱上磐安

我把灵芝捧着念想

听到身前身后有人在歌唱

海　滩

安文真像海滩，四周的山

形同蔚蓝的海洋

我站在海螺山上的每次眺望

都带着濒海的轻盈

和对彼岸的向往

安文，让我像一个演员

美貌、气质、与生俱来的演技

且轻松自在

有时，我也像传说中的那样深沉

追寻街巷的欢畅

但正是这黎明到来之前的扎根

长出了芍药的花蕾

这沉淀，才有了雾霭、雷电和风雨

这新的轻盈

这重复的行为，对我来说

艺术已经产生

一次次飞扬的提升，源于

一缕缕炊烟的袅袅

一声鸟鸣，乃至一个叹息

最低的蘑菇、高高的灵芝

都在歌舞的祝福中升腾

我在安文，多年后

我已自然而然地轻盈飘逸

至骨髓，至诗歌的每个字

都安上了翅膀

这是白云有根须的喜悦

就在这有魂魄的山上

山　城

我可以往上走，也可以往下

这取决于我的额头，就像

路灯和萤火，在我黄昏的雷达中

这是四月的山城啊

一切都是新的，青翠欲滴。蛙声响起

其实是在按传统工艺把一切做旧

树皮子的立身，石坎儿的经历

最接近悲凉的颜色。这恰恰

让我在一次次泪雨滂沱后，进入新境界

我没有背山，我喜欢面山敞开心扉
山，我的巅峰状态
为了接受风暴，我学会了参天
并不再让身体避雷。因为
与去冬相比，山城已全然不同

我被许多事物宠爱着

在山城，哪里都不能把天穹看完整
这是树枝相互爱护的结果
也是天蓝得像深海的错
那就与阳光一样躺下吧
干脆也让一朵蘑菇遮住我
我是一个影子，正被许多事物宠爱着

大盘山下（组诗）

乌石村见闻

蜂拥而至，忽然感到

乌石村或许真的有蜜

这解释是

乌石为柴扉，樱桃身材出挑

乌石为弄堂，风有好身段

乌石为家谱，内有脉冲注入

乌石很守旧

却是光芒四射的那种旧

嬉闹，舞蹈，异乡音

都在一棵银杏树上找到和鸣

恰逢四月

影像的纪实是花在篱笆上的旋律

旋律在竹林里慢慢接近境界

这一切，让村口一片秧田

今天卸下了白膜，也敞怀了

乌 石 问

看见一块乌石

就想考据离我多远

可它，到底不是

一盘上桌了的农家菜

捡起一块乌石

掂量着这火的留遗

能否成为台地的传唱

可为什么

我一边采茶一边起声

感觉田野更有发挥

我就是在此刻发现

乌石村在高处

也在低处

任何一个角度的观望

有山的仰望

也有峡谷的沉沦

一块块黑缄的石头

在我看来

更像是一群猪羊

尘埃没过它们的头顶

它们领受了黑暗

也听到了天籁

这门扉，巷道，墙根

成了越来越明显的胎记

正是如此

唤出了新的山水

不悲悯，有新意

强烈的感光

让台地保持了沉稳的呼吸

古茶场品茗

——致陈化良先生

茶叶的绿

不会是天空的蓝注入的吧

如果说是，白云首先来判定

它有地久天长

我把感官贴近温暖

仿佛看见了幸福的内室

那么简单的一个个日子

却值得交口赞赏

百丈潭瀑布

就在那一个高度，我看见了雪凇

一定是心灵的最美呼应

自然的感动，成就了心的依靠

久久地，驻留在这雪后的意境中

鸟鸣滑过冰树是最动听的音乐

冰凇落在路边是最珍贵的珠宝

仰望百丈潭，它是我神秘的大远景

俯瞰百丈瀑，那大气磅礴

是我灵魂大化后的涌出

行为喜欢深入，肉体不会再被枷锁

就在这个高度

我以山崖为祭坛

一缕真我，飘浮于凇山之上，四处游荡

平 板 溪

一定不是一条伤痕

不然如何面对

这许多孩子的笑容

一定已改变了

欣赏沟壑时的恐惧

不然怎会有这少有的纵情

推崇古板

是想让快乐不乏骨感

弯腰追寻

是希冀与小鱼儿

这两个自在的精灵相遇

今天用水来激起一阵阵惊呼

是为长出黄檀木一般的少年

一条有灵魂的溪呀

柔软的伸延

是为了抛却步步惊心

荡漾在水里

就是荡漾在一部史诗里

即使有人跌倒

也是跌在其中一行的悲壮里

安文的安（组诗）

居 山 顶

顺从阳光

在光明的一坡生活

勿管松树之虬

是不是岁月之刀

乐于每天爬山涉水

补缝山影

有时看群峰

确如塔林

但是，即便是冬天

茅草还在告诉我

我难以六根清净

为节省辽阔的笑容

我长成一簇苔藓

专享星辰

这未必是对

我所处之地

与平原连襟

难掩绵延不绝的亲情

这说明

我的哀怨已稀

灵魂可如一碗米汤

纵横千里

爱进入深爱

时间开始回溯

我抓回专注

让它与自己

好好地促膝谈心

灵　芝

你不是凡真之物

即使很容易被见到，你也不是

我无法把你与万物做比较

在于，你不是以生长为必须

你黯然自己

却让我的眼睛充满光亮
以时间可以接受的方式在世
原是想不被关注，但是
你注定比万物多了一份尊崇
我确定，其中就有我的一份
你谦卑地用黄昏造型
初心就是为人类值守黎明
看我们用白昼的光芒
晒干自己的悲伤
直到散发出慈悲的药香

蘑菇的拯救

我在一朵蘑菇下面行走
我的父亲像在上头打坐
我无法看到他，只觉得
我撑着伞，也像撑着水泥亭子
我现在是以旅行的方式生活
期望用一朵蘑菇把以前的天空遮住
不想，一阵雨
还是在伞的弧面挣扎

天空依然响起呛血的咳嗽

但这是蘑菇的弧面哪

它有童话的褐色

波浪的皱褶

我不能否认

海螺山上的崖石已不再硬化

我无法漠视

我撑伞的态度已经柔软

我来来往往，上上下下

一路飞奔

微风，星星，成为基因

拯救着我和我其他亲人的心灵

用绿色怀抱悲欢离合

用满月抚慰辗转反侧

平常的爱，注入了一日三餐的感慨

我也会拍拍蘑菇的秆

却不是无人理会

就像今天，即使被忆念被泪浸透

总有枝叶的暗示

一切离燃烧已远

"啊！一切都是刚刚开始"

我与一个个蘑菇都是昂着头颅

云 之 阴

喜欢在海螺山望故乡

凝视时的神情

我觉得我有一种病

它就像安文溪

喃喃了千百年

用云的阴影

安慰溪岸，楼房

安慰到了自己曾经

踩出的一个脚印

它浅浅地看着我

以芦苇花的微笑

证明我被草叶砍了一刀

时间已经面目全非

拦水坝舔着舌头

把许多花瓣分食了

透过天空

我已是一条背负风景的鱼

电视剧天天在拍

篇幅不短，线索弦状战栗

吹动万物的风

它在我后背发挥作用

灵芝的褐色

指尖轻触一个灵芝

竟能观赏到一幅古画的灵魂

端起这个高脚杯

里面凝结着典雅华贵

天空波光粼粼

是映衬它生存或衰老的美好

用时间把它切成水晶面

是表明被征服过的光芒还是光芒

灵芝最美是它的褐色

理解它就以伤它的方式开始

当爱恨交加只不过是调料

这健康的褐色

至猛炒、至炖煮，至嚼咀

这褐色一旦消化在细胞深处

那就是最精准的疗伤

药膳之乡

都说，困难如山

未来迷离如小径

但这不正是山城之景吗

被我们奉之为醉美的心灵造型

我眼前的山城

寂静，安详，却也翻滚着绿浪

就像旺火慢焰中的一个药膳

我被抛得忽高忽低

许多意象就此变成诗句云端飞来

许多希望

就能从文溪中一次次舀起

不能说雾岚和药香

哪一缕更健康

山巅林中

哪一次更觉醒

高　铁

绿浪哗哗

将通高铁的消息

让山城多了许多热烈的表达

纵有一百多个山头的阻拦

一声鸣叫，如眼神飞过

磐安，一个不断有新闻的地方

每一次的发布都是青翠欲滴。哪怕

现在还是云里雾里

我得坐下来

与这青翠举会儿酒杯

然后呢，对金樱子说

你那么秘制

那么容易让人进入高潮

其实你的基因就是翠绿

高铁那么突然，那么快地驶入

绿风电掣

它的鸣声，再怎么动听

总归是鸟鸣的复制

它来到磐安，就像一片绿叶

站回到一根等它已久的树枝之上

溪　坝

我长久凝视

溪里那座拦坝

越凝视

越感到这坝

像随时都会翻身的鲨鱼背

正值雨后

大坝洪水滚滚

像一种力量在集体越狱

有人坚信

在关键部位这么一挡

风光就会很美

这关键一举

却刚刚卡住了溪的喉管

反正自此以后

只能听到陈词滥调

我知道那不是为我而造

但一定也借了我的名义

那说说我的怀念

溪水原先轻松地来

轻松地去

溪底留有一泓清泉

有鱼，也有我的脸

我们常常一起看

沙滩上的轨迹

每次相见，都需要灵魂兑现

每一次，从海螺山上下来

仿佛都与谁有场相会

或者，有谁早已在等待

菜市场的巷口

买些蔬菜

这是昨晚就有的期待

并不沉重，但只有提到了分量

仿佛才能听到一个召唤

有三棵树，一见到就很喜悦

我已习惯，它对我的遮挡

我会像只鸟，一边摇头踢脚

一边听溪水的声音

深刻里流淌的舒适

慢慢地，感觉三棵树似花蕊初放

看山城一眼就能分辨出的气场

与年轮无关

甚至可能与地点都无关

它遮掩不住的

是我对一个人的思慕

纵然已有很细的密度

也难免漏了一地的恍惚

这也就无法避免

我们的每一次相见

都需要灵魂的兑现

北山之望

牵 引

到双龙，最容易脑洞大开
几十次了，牵引依旧
灵感骤然依旧而至

我乐意在此洞悉世界
独享静谧之境
危险和神奇的提示
都清晰可见
我在光秃的夜空
保持着有感应的搜寻

这一刻，我静静地活着
无须在尘埃中
迷失，分辨，化解
我的身影抛在水中
也是心灵怒放着的缄默

我是被牵引进入的

我也会被牵引退回

只是断不会带出一腔海水

尖 峰 山

在金华

我不能无视它的存在

这一春天的蓬勃

让我的想象

不仅仅止于肌肤

因为，就算在夏夜

都有冰壶让我回到宋朝

它让这个城市安详

却一言不发

怀揣一把撑着的伞

半合半张

露与不露，都是不动声色

一些来来回回

只存在于惊喜的页面

我欲用眺望，与它交谈

却被藏进自己的心跳

我欲用婚纱作为背景

它却早已

在手指与蝴蝶之间分娩

让我激动的心情，变成汤

在江南煲了一晚

才知它心中的温暖

我有一半的孤独来自北山

你总在我忆想中

在琴弦与琴弦的振荡部

已记不得当年的模样

只记得　琴声响起　嘘——

舞台噤止于宁静

台上　台下　落差不大

但足可以发电

我以家乡门前塘里的涟漪

致青春

让雷电　挣扎在森林之上

以至缪斯

像一只风筝飘近　相见　离开
以至梦境
并努力抒顺秋后的雨丝
体会　隐约　迷失
终至　飘起　尖峰山的裙摆

我有一半的孤独
来自北山
那年　我第一次面对自己心灵的纯净后
就有了一次次有方向的忆想
那一年我听从嘘声
是臆想了琴弦的真谛
我发现 那一次我有点对
但也对得揪心

婺江四题

——赠自芳同学

一

婺水盈盈
一副心满意足的模样

我还是禁不住泪流满面
那个瘦瘦的滩涂，那只瘦瘦的木船

几支桅杆
瘦瘦地插着，已几十年

二

用一根秋后的芦苇
吸尽双溪湖水
我还是寻不得

李清照摇过的桨

谁人用它做刀
刻了一方章
上面是我的名字

三

许多种方式可以过江
都不及跨着一个温暖的夕阳过去

那一口，总是能驾雾腾云
让人忘了彼岸

四

语调缓缓，是一种清亮的流淌
像读艾青的诗

那从双尖山吹来的风
吹过甘蔗林，吹过黄稻田，吹到了婺江

就是为了流淌

爱诗的日子
我们爱做风的君王

通济桥上

入夜后的车灯，多像金子
一群人似乎隔着玻璃柜欣赏着
他们没有抢劫的念头
每盏灯都一闪而过
这让他们不能置身街巷

他们强壮的身躯充满犹豫
一排路灯下，讲着明亮的方言
工地，吃快餐，拖欠的工资
女人，一闪而过的光芒
桥梁上，许多心脏在飒飒作响

江水潋滟，这是来自家乡的活水
码头遗址心怀着一盏盏灯笼

他们双手紧攥桥身

像紧攥着一只共有的玉臂

一只冰壶

在风景的高度，欲语又止

一本书的辽阔

一本书的辽阔

是由田野的风吹拂着的

它的永不停歇

让书页也毫不知倦

它让我愿意忍饥挨饿

必要时与书一起匍匐在地

那时，身体变成了一把钥匙

按在一无所有的荒坡上

这放任书本的时光

让草地成了野花的村落

一次次与北山之巅相遇

才知我今生所欠，觉我今日之足

这是田野的风喜欢的阅读哇
我们在它的辽阔中激情地亲近
一次次被风包裹，又推开
贵手高抬我们于荒坡之上

遇　雨

我的车镜里
突然闪出一张脸
一段三年
与三十年重叠的视频
接着，一张又一张
瞬间在途中遭遇一场汪洋

奔驰在雨带里
似乎是在分享
充满天意的快感
强大的动力
让我不怕风卷云涌
我在一个故事里生长着
单纯，快乐

在一条河道上滑行

天空，白云和歌声

炖成一锅有营养的音乐

我目光如炬

刮水器努力还原着最初

一次意外的相遇

依旧敏感，依旧美丽

一场雨

我毫不犹豫地进入

出来时欣喜不已

清清楚楚的地平线

说明我的心没有变异

如果我不想拂去

那雨还有几滴在车窗留恋

这轻质原油

足可让我的梦境发电

梅　雨

垂着无限的根须，一个人
正在寻找一个人的心扎根

久久不愿离开
看到枇杷的优雅正渐渐失去

玉兰涂上了铁锈
对合欢的描述已不再是明亮的赞美

可它是榕树的根须呀
它挂出的是你认得的门扉

那个我们相识的地方，一根根
糯米粽线，是曾抛向诗句的波浪

老 工 厂

那时我年轻
工厂在山脚安卧，在溪岸长成
不知道，这就是"摇篮"

一缕缕芬芳，伴着松香
来自烟囱的燃烧
不知道，这是牧童吹着笛哨

窗口，还有唇间露笑
那是有人把生命交给溪渊打桩
不知道，我该在起伏之上倚上廊桥

再冀望挖支春笋，却已晒干念想
只知召集蝶儿，唤醒喉咙
坐姿正被母胎唤醒

老工厂
想起就不平常

就像今天，即使不能自返

但也无须去判定

西溪芦白

一颗牙齿的闻喜

一颗牙齿的掉落
像是我的一次闻喜
它常常处于门扉
却没有装饰之心
坚定的灵魂体会着五味
却不止让一日三餐发出空洞之音

当它产生动摇
不是时间的空虚，灵魂的逃离
它不是失败者
无须沉湎在过去的整形排列

它天天在觉醒
一点点地接近自我脱离
是认为铁钳的胜利本身就是一种悲哀
安静地落
才能享尽灵魂自然的内在

作为自己的舍利

根开出的一朵灵芝

被我收藏在一本经书里

放　生

我抓住一条鱼放生

是让一个活泼的生灵

回到自然

这是我的欣喜。我明白

这是我们

这辈子唯一的一次相遇

它仅仅是给我启示

活泼，稍纵即逝

或许，它还会被人钓起

因为总有人沉湎于它的焦黄

这苟且偷生的颜色。只是

谁会知道，水中的鱼钩

正是自己弯腰的影子

鸟　巢

我的隆冬
一个鸟巢在冷杉上发光
胭脂果色
像是经过了月夜

夏天
我在冷杉撑开的场面下徜徉
它像一个莲座
用柳藤编的那种

今天看到，它与冷杉一样
似乎很空荡
却也是金枝玉叶的空荡
在我的隆冬
它发着光芒
像天外星球的激光

它说着方言

由一群群鸟儿衷心歌唱

我唱着，唱着

太阳变成了胭脂色

可以仰望，可以抚摸

我唱着，唱着

大地、天空，包括云杉

不再是色彩与色彩的假象

在我的隆冬

有个灵魂，发着光

它让冷杉开成了

天地温暖的花蕊

我守着一团火焰

一团火焰

仿佛来自盛唐

雪飘了几个世纪

它的风火轮

依旧旋转着盛夏

我的额头

有一层薄薄的木棉花

我的内涵像松蜡

敞开的自己

骏马一样漫步云端

茎叶处闪亮

与闪电无关

我就此认识了

生命，身心俱暖

微 笑

我和许多人
此刻都处在不知的黑暗中

我驱散眼中的阴暗
不是靠故乡的温暖
也不是让手脚漫无目的地旅行
我默念那一团轻柔的微笑
我首先看到的是，光亮一闪一闪
像是我的心、肺、肝脏
脑子点燃了一小片
却只看见焦灼的姿态

那个微笑，却传来了声音
好像来自洞口的光芒
循序渐进，世界总会打开
邀请你出来

台地的祝福

许多来自台地的祝福

修行都在深处

金樱子、蜂蜜

还有芍药花和茶叶

这些大盘山给我捧出的垫子

让我都有可遇而不企求重复的美好

向着太阳发笑

噙含朝露的细胞

我在生长，也在死亡

我看不见我自己

我只看见

一朵芦花代表我在摇曳

探 梅

又一次去看梅花

心再不会颤抖

雪并没有影响风筝

把我的心情放高

我喜欢的梅花

天空也喜欢着

整个下午

我与雪人一起玩耍

梅花妆成它的腮红

这是我们快活的理由

可以让我忍受

脸颊被风切割

一面像诗歌，一面像藕粉

一袭亮色调，强化了

万物的大气磅礴

唤起无数的开放

包括我们、风、光芒、雪人

用任何一瓣梅花粘贴唇边

我们都会成为新物种

零度以下，梅红正在燃烧

寺庙的钟声

正让冰块裂化

梅花在枝头摇曳

影子稳坐在那里

溪涧里的盛宴

一首诗，散步

到了一个溪涧边

草就不会

腐烂出声音来了

把手足伸进水中

像伸入了一个人的被窝

或胸怀，善良且单纯

这样深埋的感觉

首先让人想到了犁铧

一个强者的卑贱

一个弯腰成虬的怀念

卵石在创口待着

不是因为难产

它是在固执地领悟

如何由冷到暖

无须谦卑

又委屈

一个灵魂的盛宴

在这山坳里进行

篝火晚会

从一个人的踌躇

到两个人的携手

到整群人的狂欢

夜晚，不再危机四伏

转，能转到哪里去呢

结果都是歌唱着来转一圈

从一件事的燃烧

到整个夜晚化为灰烬

任何故事都会偃旗息鼓

无论明早长出的浮云

还是风马旗卷起的嫩草

玄奘三章

一

城门大开，长安放任饥馑狂奔

九岁的大唐，挡不住一场罕见的霜冻

玄奘，一个二十八岁的僧人，也在其中

他逃亡是为了死后的生

如果出不去瓜州隘口，他就是刀刃上的月光

如果过不了莫贺延碛，他就是磷火

再如果，过不了葱岭

心中的圣地那烂陀，就是一场今世的梦

回眸

他在长安城外的这一回眸，也将影影绰绰
同样是离开故土，同样都是深一脚浅一脚
意义已经大为不同

我的前生，会不会就是
与玄奘一起在熙熙攘攘中出逃的人
我是为了生而奔
看见水、绿洲时，我就会停下来
他不会，他是去找死的真谛

他不能在埋葬父母的黄土地上寻找
五常让他五岁失母、十岁别父
秸秆迷惑如烟
中原阡陌飘忽不定
他必须走向大漠，爬过高岭

这样玄奘啊
那一回眸
就成了抛弃生死的唐僧了
这一瞬间，大唐开始新的续延

在这嘈乱的宁静中

有一团他心怀的微笑

他脚底的麻鞋，注定了

十九年后将被染上笑容

二

现在是如此寂静

不像是在莫贺延碛的沙漠之中

身被水浇，遍体鳞伤的呼吸

用炙阳熬出的信念

都苏醒过来了

难道，这就是生命与自然的寂静

饥渴，曾像千军万马的追杀

现在突然隐于黑暗的富足

光亮，不再是过往失去生命的磷火

是长安城里的路灯

或是陈河村的萤火虫，在眼前晃动

随便抓一把沙砾

白天，它都用阳光做刀锋

现在都成了水，在唤醒生命

戈壁与沙漠

比过往的一切更寂静

这是玄奘一生中最寂静的时候

当枣红马在他的眼皮底下走过

瓜州胡人的暗示，李昌的救护

从他的眼眶里温润地滑了出来

今天，一千三百年后的今天

也从我的眼眶里滑了出来

为的是，明天，我们都要用它来洗

脸上朝三暮四的表情

三

莫贺延碛的尽头是伊吾

面对一个僧人的辽阔和一个汉人的孤独

玄奘，下了一场轻易不外露的泪雨

瓜州讲经的春风，早已吹遍

庙儿沟的黄昏经卷习习

一个头颅，一盏油灯，亘古的建筑方式
他摸着的只言片语，达摩也摸过

我不能猜测玄奘那时的呼吸和温度
许多华贵都有黄土覆盖着
他席地为僧时，我还不在尘世
等找到合适的话与他对话时
我已不在人世

我至今无法复原我的一生
只有这一夜哈达的宁静，不生悲喜
一轮入世的光环
照着今日的沟壑和山峦
也照着西域的隐忍的时光

玉门之前

鸟　蹲

每逢霜降，他总要
去地里模仿鸟蹲
院里有一棵石榴树，叶已不多了
枝干刚好是鸟的快乐

他呵着气，但不歌唱
手摸着的霜冻
像粉状葡萄糖，虚伪至极
多希望是雪呀！只有雪
才拥有麦苗一样的健康

双手一直以拥抱的姿态
面对大地，想着，想着，就成了
结口袋的绳子
属于父亲，也属于自己的盲肠
都已装进医生的档案里

他蹲着，并不是为了唤醒歉意

而是把自己的不解

在地里反复捻揉。为什么

霜冻会遗传，忧伤也会吗

点　滴

液体一滴一滴地浸入

如我爱你的一寸一寸的时光

誓言早已融入肌肤

配方体现了冬夜的慈悲

我爱你是让你更懂得迫近

慢慢治愈任何部位上的呻吟

这会是花的一朵朵开放

豆芽般嫩出在磐石之间

我从牵连的启示中

觉醒小提琴弦，雪光中的震颤

滚滚尘世，拉响生命的无常

且慢慢将我带到这玉门之前

自由流淌在我身上

星辰在夜空中一次次觉醒

我一次次抱住爱人

像一次次抓住院外的暗香

我看见你在受苦

我看见你在受苦，仿佛

也是在享福。绝望向你涌来

你直接反应以呕吐

瀑布的节奏，顾不上音乐

我的手机取景框

也摄不出这一切

你比任何时候都更真实

也更可爱，更好笑——

你心灵的囚室已经打开

容许自己的各种罪孽夺路而逃

这时

生和死仅仅是一个名词

思想与行为一样空洞

谁说这个世界充满黑暗
光明景象何时不在呈现
谁说踉跄阻止了前行
印证之路开始于每一刻的邀请
你并拢双手，舀起一把眼泪
捧出的是未来的婆娑

季节对花朵的掠夺

手术灯打开了你的微笑
仿佛是白昼一样

无须家乡的鱼儿
与芦苇一起形成新的生态
你的河道
从来都不曾混浊不堪

还有那微笑，也不会硬化
只有明亮可以探伸你的腹部
告知我
人生需要处处敞亮

我学会了行医

学会把钳子放回到托盘里

我懂得了习惯

习惯窗外季节对花朵的掠夺

牙　齿

一个苹果，正证明我的无能为力

坚硬之处最容易动摇和空洞

为塞进一些与空性相关的词语

我接近山坡，坡道上结着各种石榴

我看到的城市，不再是参差不齐的牙齿

一群人游在悬崖之间

像一本书夹着许多文字

计 步 器

我常常在微信群中夺冠

我向身后人挥手致意时

　一个影子，却使劲地往下拉我手臂

我才觉得，我与花岗石地面的关系

仅仅是奔命

这是我今天的步数分析

三分之一，是平时的生活

三分之一，在医院的路上奔波

三分之一，在病房大楼中上下

回到家，我重重坐下叹息一声

"一步，我也不想走了"

想抛弃它，却又想着它

其实，走一步，你再走一步

这是我的期望

这一步里，我立了身

有了信仰的立场

这一步，是我的亲人八十多年的总步数

果然，我的亲人一叫急

我会一个箭步冲上，气势如虹

但就是这一步，他抢过手雷

幸好没有在七月的老山

开出一朵花。从此

我的头顶几十年来

总有骄傲的雷声

在病房

一群群人仿佛都跟我一样

他们自己表扬着自己

还能说这冠军

不能意味什么吗

我并不想赢得这场比赛

但我想让那些需要的人

听到我的足音

鸟　人

我是鸟人，但不及鸟

在离医院不远的一棵枇杷树顶

鸟跳来跳去

一群人生活在树恩赐的阴影里

今天，这只鸟儿的脚趾

踮在我父亲额际线的中段

它用振翅的弧度

拉动他命运线的上扬

重症患者

依在病房的栏杆上，一些人

相会在一个让他们脸色枯萎的地方

他们在等待

一种来自域外的新药

他们彼此都不熟悉

心脏跳动着

一样的恐惧，消失，拯救的方式

置身其中

我该感动，还是该诅咒

这个高铁飞奔的时代

我该在贫穷和进口药之间向着谁

这新的创伤在征服什么

我想象，鸟唱着

在一棵棵果树上，如母亲的声音
但我怎能面对，今天的死亡和无奈
我怎能背离他们的缄默，而自娱自乐

天目山上

1

只有炭火通红才能表达
窗外飞雪狂泻。我们
几只山下飞瀑里激出的鸽子
困在了山顶湖的背面

美已有些危险
才华确实成了负担
你要我们住上一晚
让炉火这枚纽扣
先扣牢两翼抒情的对襟

火难以消弭一切
包括你肝上令人恐惧的斑点

你，山上的一堆旺火

如今也像是大哭刚醒

雪狼嚎着做着伪证

我们亲热如故人

时间却正聚集着你的敌人

这坏天气的天目山顶

纵有炭火声，也是孤鸣

我一次次举起对你的羡慕

不想是一簇簇射向你的箭矢

2

一树野果正在自然老去

老成千年无惧，这自然也

免去了我的口诛笔伐

为了汲取灵感

我捡起了小心翼翼的一颗

是一个卑贱者对高尚的怜悯

在 病 房

此起彼伏的呼叫声中
我想到最多的却是幸福
许多曾经的人和事变得明亮起来
一只船荡漾着，但没伤着

我欲把呼叫声从贴面上剥离
却扯到了一层更深的痛
麻醉后醒来的时候
只能喊出来，或者表演出来

它也有它自己的旋律呀
因为无助无所顾忌而变得真实
每一声哭喊都带着童音
头顶亮着的是白发苍苍的母亲

今晚，我没有因为听到它而害怕
至少它已失去了伤害的潜质
我完全可以呼呼大睡
睡在这痛苦声消失之前

若叶町

若叶町团地

有些树生活得并不乐观

根的裸露刻画了它们的尴尬

我既羡慕它们荣誉深高

也感受到一颗种子落在头顶的锥心

我把整个下午交给道路

发现夕阳与树枝相逢

泉水有时也会与初衷相悖

有些无知的涌出物宣泄着孤独

在没有了力量的落叶上

过去的日子已经疲沓不堪

新的日子不知道有多少

新的微笑却正绽开在树皮上

也走在这条路上

空气中触碰得到旧日的香浪

我问候了它们

问候了它们脸上的光芒

乡 道 上

多像我曾经上学的乡道
学生们川流不息
我喜欢来赶这个新潮
是为了我过去的时光

我与他们擦肩而过
仿佛是欢乐的水流过身旁
我跟着他们踌躇前行
每一步都有新生命的牵引
有时，我站在道路一边
感受阳光灿烂地照进森林
但他们踩着我身影过去的瞬间
我分明看见了他们的惊悚
于是，我学会与他们分道而行
行在冰冻开始融化的这一边
我一边想着冬天这个谎言
一边看着每一个路过的春天

上山的电车

上山的电车很冲动

一次次引导我抛弃昏暗，奔向光明

我积极向上，伸着一只有所期望的手掌

在冰川越来越多的光明里

我和许多人都在接受着低度的放疗

我陶醉其中

就为昨晚在硫黄中失去的安详

电车还是向上，绕过一片卸妆了的农田

和空灵了的森林。我想象

造一个精舍在悬崖之上

种一种植物在生命之中

温泉酒店在山顶

后面是片誓不融化的冰川

它们的价值在我身上体现

我俯瞰着，头颅却自然低垂

仿佛是在对经历过的一切认错

吃乌冬面有感

超过蓝天的伟大
我还没有见过
一次次
我见着的都是白云
代表蓝天的迷茫

超过海洋的深邃
我还没有感受
一波波
我扯到的都是波浪
代表大海在空谈

飘忽如逝
印迹都是谎言

在一个城市醒来

没有炊烟和尘埃

只有乌鸦清亮的叫声

溪水流量还是不用收费

包括我在冷雾中的桑拿

我的脚踩着冻土的华厦

是想听到里面发出的倾倒声

村里人的问候来来往往

因不断重复磨出了温暖

我试着问候森林

云端落下无数小雪点

因无数种表达都指向童话

这让抒情成了一种必须

在一个城市醒来

却常常受着乡村的启蒙

从夏天到冬天

我都在证悟满天繁星的预言

小和杂章九题

我 的 诗

现在很多诗句无人问津
其实，诗歌首先能化痰
如果它能成药，药店必定关门
诗能冲破黑暗
现在，已越来越
被无眠的人认可。我想
那肯定还会有另外一个太阳
好像我在家乡画过
女儿在幼儿园也画过

我写的诗，以前
自己都很不满意，但祖父
总在地里种起月季来点赞
就是那刺儿，唤醒肌肤，还有灵感
许多人和事，不曾亲近，也是一片温馨
诗句是藏在天上，还是深埋地里
我还不知道，我只知道
我的每个字，都是在草尖的晶莹里撷取

轻度地震

山只是摇了一下
没有沙砾俱毁
溪只是动了一下
眼泪没有堰塞
如是，我欣慰我熟悉的一切
都只是动了一下

一条蛇的舌，仿佛舔了我一下
我思想跳跃，动作轻盈
忽然觉得这就是中了懦弱的毒
是侥幸最后成了勇敢
——我被假象忽悠了一回

当我看见了地球的病变
巨震早已发生
任何所谓的留恋都成悬想

一 盏 灯

元宵的雨
总是盈盈地下在河里
一滴雨就包含了一盏灯
并与记忆里一样圆满
我撑着其中的一盏
好像不是用来欣赏
是为了躲藏
不被目光淋透
河舞动了起来
我们惺惺相惜
眼中不再看见别的光芒
只有它与我的温暖
雨中闪烁的这一夜
我被一盏灯照耀着
看到了一朵花的远方

远　眺

我想慢慢地走出太平洋
像逛自家菜园
但不可能
自我冲天的那刻起
就预示着激动，预示颠沛流离

我以亲故的眼神注目
海岸线几多疯狂，几多撕咬
慢慢地，不再云雾缭绕
一枚枚牛油果，怪味沁人心脾

海浪用古老的工艺
镶饰出地球之心
苍穹之下
喜马拉雅赋予它蔚蓝的雪原

唇

太阳一旦偏心
温暖也就离靠墙的小青菜而去
它却青油依然

如果这就是岁月
会笑杀春光，明媚灿烂
却引来蚊蝇疯长
毒药发挥极致
让人做起了凶手

这小青菜呀
一定有一个秘方
冷中有甜味，隐里是鲜美

可知
它藏有一个人的唇哪
最适合私享

星辰避开了光芒的搜捕

光芒来自那个朝东的窗口
经过几块田地状的楼板
和几阵睡熟中发出的鸽声
爱已甘愿被光焰灼伤
现在是看，灵魂复苏
什么都能征服的好时光
香樟做的木窗，悠悠地
鸣叫着血液幸福的抵抗
认识与不认识的尘埃
都激荡在晨光的亲吻中
一条祖传的暗道，此时
正让星辰避开了光芒的搜捕

七 月

月光在握

梅雨已带走亏欠的河流

天空静谧的辉芒藐视着一切

龙舟比赛

看到粽子，我就会想起汨罗

这都是水草花的说白

它习惯以一圈圈涟漪

来复习主题

最后，艾草用来安慰

使粽子成为好看之物

要是

听过惊雷，看过闪电

雄黄

就不会涂在脸上默不发声

站立

绝不会在随波逐流的位置

誓言

就成了龙舟上的飘带，逆势而飞

兄弟，好吗

我想以早晨的口气问候你

兄弟，好吗

我渴望你的回答里有鸟鸣

好呀，好呀

我这么跟你对话

是想省却昨夜来的叨烦

我该顺从时光，摘下一些鸟鸣

这昨晚星星的留存

我们同居一个城市

此刻，应该都在迷雾之中

鸟鸣，像大海里的盐

我们梳妆，并饮露水之泉

生活就此响在高处

万念晶莹于阳光普照

这个彼此认识的地方

我们和鸟都没有慌张

荆山五常

戈壁滩的暗号

万物纷纷往后倒，连同戈壁滩
这与我的苍茫人生对应，是不是说
我正被一个新事物所引领

胡杨林理解着风拗口的发音
它露出的千万个脸庞，唤起我的审美
这里不再存在，我心灵沉重的叠加

我就此意识到自己对上了暗号
生命、大自然、传说，都有强烈的指向
我喜欢这样的介入，不仅止于阅读

这个地方，多像一个旅行帐篷
存进去的东西不多，空间已经突破
无关过去，也就没有了纠缠

可以舞蹈，狂欢至山顶
全是先锋者的狂野

一个暮春祭典

一个全新的老腔老调

这广袤与黑暗的最初拥抱

让任性的火焰产生

对此，我不可能视而不见

在你旁边坐上一会儿

——看国友兄默抄《心经》

秋日来临

你种下了颂言

离美很近

龙飞凤舞已属于春天

夜空滴下夏

蕴含能量巨大

我在你旁边坐上一会儿

看你以旅行的眼睛

面对一块稻田的伟大

从哪里出发

为什么出发

稻茬中

我在寻找

空的一撇一捺

泉　水

自从我看见那眼泉水

我就想把自己的一切浸入

先是一个笑容

后是一圈涟漪的舞蹈

接着是它给我的心跳

直至摘下一串星星

浸泡成金樱子果汁

从不板着脸

也无假冒的热情

无论我投进去什么

凭味觉就能治愈

土地龟裂

荒滩遭到泛滥袭击

也是一个心平气和中的流出

像一锅白粥，熬得刚好

刺猬草

我的身体装备了刺刀

不是为了吓唬孩童

牛不吃，他们不敢当草拔

我天生就不是草

是一个纯粹到底的童话

我能把冒犯刺出血

正是显现力量与勇气的伟大

我让生命火种

以教科书的方式燃烧

正在说一种无语的意义

我的旁边总有几块石头

我喜欢它像影子一样动起来

谁在石头上坐一会儿

就会有腾云驾雾的一生

这样才能看清

白雪冰峰，莽莽苍穹

都是我男性一样的特征与危险

我摇曳一下就是柔软

石头也会软化成面包粒子

那时谁都可以

借刺伤的名义大哭一场

冬　语

我在郊区有一个菜园

每天它都保持着乡村的水灵

靠山面水

正是房子坐北朝南的福气

简洁明快

让阳光粮食一样躺着休息

春天我用桃红补着脸晕

烂了，可以面膜一样撒开

夏天我用丝瓜补肾

就此认识了太平洋海参

秋天我用番薯补心

捣烂了，正好就是当季的酒酿

现在，当然是初冬了

山开始像圣诞老人

白雪长出了一年需要的肥膘

冰凌越长越高

我开始营造梦幻华屋

篱笆外的麦苗做证

我还是青年，力量是绵延

邻里邻外都种着小青菜

这乡村之王，证明

我们的生活拥有同一口径

江　泳

——看观德游泳有感

热在三伏

江泳成了一种快乐

这一刻，恐惧的皮囊丢在了岸上

深邃转动的神性

给每寸肌肤，都施以自由的吻和拥抱

除此之外，就是

让风运行在风之外

还有，一把钥匙

在瓜农的凉棚里，去锈

荒　石

我在暮秋中前行

是在穿越戈壁滩的寂静

我偶尔一瞥

感受一块石头的神灵附身

不见攀爬着的颂词

只有不愿开口的常识

灵魂无法出窍

出了，就是一堆白骨

但就是这许多荒石

正在做着玉的梦

思维狂乱，衣着沙棘

暗示起一次次的凿空

一旦被戈壁沙漠含着

它就是一把枸杞

没有言语的胜利

只有留给时间的雄辩

握握它的手

哪怕是一个花瓣的张开

哪怕是摸一摸

也有生命的刷屏

早晨发现风暴

眼神很野蛮

湖水泛着光芒

一阵蓝色的风吹过

留下比椰树更虚拟的缄默

以前有人这样看过

或许还有我

能够有这样古老的美

应当包含了许多传说

其中的一个

是荣耀的王者

无敌，稻菽虚掩

容我再看，再看一眼

元旦这一天

屋顶看家乡

日光之下

万物在抒情

一个个跨年祝福

透气轻盈

我自己对自己

来了一个小酌

许多微笑

加了进来

像模像样

圈起了一年

纵有悲伤路过

亦已无处安坐

我们谈笑风生

一群麻雀

吃着话题的剩渣

街道体面而光鲜

喜事一桩桩相连

无用之用

我家门前的塘

倒像一个已知的世界

正以小喻大

云朵在前山滑翔

老牛在田间代言

野果个性鲜明

溪流成为一部酿酒史

激情所至

大樟树下

《芳华》开讲

酒我喝过了

酒我喝过了

1

酒我喝过了
别酒让我如释重负
我想我是向自己问安了
开始拒绝祖先留下的大礼
我要逃避这个是非之地
从诞生到衰老不能让酒驾驭我一生
我现在就想摆脱它
希望自己像婴儿一样活着
每个细胞正常吐故纳新

2

酒我喝过了
我经历了酒的浪漫故事
我的同事、伙伴、领导

还有利益关联者、家里人

我都跟他们一一喝过

喝一场酒恍若网恋一次

闪光四射的激情

最后都是头脑发癫腹中空空

以苦悲收场

3

今天我选择别酒

不是屈服于肠胃的抗议

或者听从昨晚酒友苍白的脸的劝告

面对激情待我的酒

我不能王顾左右

寻找健康、家庭或者医生种种理由

如同我小时候

一次次的与它相识矛盾

分手也该是无觉无知

4

酒我是喝过了
但和许多人在许多地方
却都仅仅只是一次
我多半是握着手机忙活
其实是想让酒更有诱惑
有些人与我一样醉意醺醺
有些人的光临让我受宠若惊
我自问自己：我请过多少人
我又多少次被人请过
我是不是在酒后腰杆挺直了
还是我一次次的接送后
慢慢弯成了鱼钩

5

我不是高官富翁
却常常希望与他们一起就餐
我卑微地窃喜那次喝了好酒
一次次地夸耀与谁在一起

有时候喜欢说给母亲听

忽略了我夸耀的许多她并不知道

现在我明白她酿的酒

可能对我的灵魂更有效

我已经年近中年

慢慢懂得这世界越是朴素才越是真实

我觉得所谓的好酒中谎言也很多

老人的真谛

就是端起酒杯时要小心翼翼

倒出来的一点一滴

正是我们心里装满了的

6

在一个比较固定的房间内

我和亲人朋友一起相聚

不存在屑不屑于与谁为伍

一切似乎都是前世修定

我已无所谓酒的品牌

淡泊或浮躁一口就能品到

正座总保持让人高仰的姿势

借着酒力指点波涛之壮阔

云霓之诡秘

我倒更相信冷静一隅的清贫者

他偶尔举起的思想

让我有些任性地与真理捉迷藏

我很欣慰

酒给我们共同探求的智慧和力量

7

酒我喝过了

但我还是喜欢藏一二瓶好酒在书房

我虽然钟情大庭广众的胡吃海喝

但也醉心单品独酌

这是我寻求的一次次瞬间出世

我聆听佛陀传达出能抚慰一切的意趣

同时触碰到关于人生的种种暗示

我虽别酒却依然在这里出入

但我知道我就是在这里

看到了冷杉上的鸟巢

感知了太阳落山和启明的星光

8

酒我喝过了

许多品牌的味道成为记忆

在许多场合

我清楚我也慢慢会成为人们的记忆

我与一些人的关系

仅仅也是一次酒场的相遇

而我却突然钟情这种邂逅

这恐怕就是我与世界的关系

我不需要什么记录

来描述我至今喝了多少酒

别酒， 说明酒我是喝过了

那些与我相处的田野五谷

溪水，雾霭，金樱子

包括用黄金泥做的瓦罐，我的乳名

都可以为我的坦诚做证

我没有改变过它们

但我的慈悲映照过它们

深埋至赞美（组诗）

深埋至赞美

我的乳名是一个泥罐
它就是一个预言，我浪迹四方
童年之形总在故乡

但我仅仅是碾碎在乡道上的碎片
以黄沙粒的忍耐
承受着时间的敌意

我灵芝的一双耳环
道听途说于人们编织的印象
但我是釉彩与韧度的总和

任何一个肉身
在我身体上感受到的尖叫
都是我早年发表的诗句

清楚地看到山峦的唤醒

我，一位被敲打出的歌手

与泉水一样早已进入音乐大厅

真的，我是一种可能

我也是一种荒诞

无人诧异，表明我才是真正的汉子

有价值吗

竹林中占据的一席，人迹罕至

但我因此无须翻爬文物的围墙

我的使命是深埋至赞美

与冬天、炭火和爆米花一起

赞美硬脆之物的死亡和新生

求雨的人

双手伸向蓝天

一把伞倒撑着的姿势

你是谁？你能求天

给一个酣畅淋漓的说法吗

离天的距离
你与我祖父、村民一样远

不停地摇头
饥饿、争执、受累
你一样都没法拒绝
异样的生命形态
刚刚还被嘲讽
现在成了演出的技巧
这让我怀疑
我是谁？我们又是什么
感觉你的呼吸
正把全村人吹进黑洞
你眼皮的乌云
忽然在天际低垂
唯你能与天讨价还价
唯你并不成章的妙语
是村庄真正对天的奚落

这唯一坚定的一次
是你隐藏着的力量迸发
你没有求到雨
却让我一辈子
大风起，雨滂沱

转　换

站在后山背上呼吸风流
我与祖父，骨轻如白色的绒毛
这首先改变了我们的气质
已不像屋顶的瓦褐

东山，太阳升起了暗
西山，杜鹃呈现了最美好的亮
我俩缝在一起，针脚，就是
松树、葛衣、野蓝莓和我的步履

这说长也长的一天
我们享受着蔚蓝共同的恩典
我更想成为一只黄鹂

在山背上漫步到暮晚

忽然，祖父的嗓子里放出更多白鸽
山背沙石细碎至玉屑
我的双脚停在了半空
我的心被吸入了山中

山脚，兄弟挖出了一车车黄泥
这祖父胸膛里的心心念念
颜色变换之间
暗合了多少起承转合

我站着，接近美

对于秋野
我不是一个多出来的词
我站在这里
是一行诗自然断在这里

我也不与田埂构成词组关系
田鼠上蹿，溪岸下跳，都是在表述

犁的轨迹不是唯一因素

红高粱与夕阳，恐怕就是一种融合

许多人在阅读

想象力展开得很恍惚

我不能把一切表达出来

是看出了天空蓝的表达

我就此接近了美

倾听到了田野心脏的跳动

我站着，我已获益

并以诗歌的细节表露了出来

巷　道

控制光

控制窄门的距离

放一些鬼魅的传说出来

按一路高低不平的声音

山村，难道

以此成就伟大吗

木头的皱纹在微笑

砖头结构呈现出宇宙红晕

有人说，门楣摇摇欲坠了

母乳的亮却越来越亮

许多人和事都失去了

心胸却也开阔了

叩问家乡，何以寿安（组诗）

叩　问

叶子又掉了一回

等于祖父

又多长了一岁

叩问家乡

何以寿安

答曰

是村口小河道

长于彼处

对经过的一切

懂得无罪释放

慈悲与忍受

就此喜欢

排成长长的一列

循着出村大路

迎进新生命

或沿着进山小径

藏起老生命

院　子

上了年纪的院子

已开始拒绝破败

猪槽、破瓦的记忆

归入泥土

留下的一切

都是活着

楼梯越爬越少

心里的青草

越长越高

眼神一扫

就可把灰尘了了

小院当然很静

晒在门堂的豆子

照样噼啪作响

有点像小时候

我问母亲的声音

每次出门

照例不用上锁

总留月季在家

那神情也像我

做好饭菜

等女儿回来

石榴树喜欢

把笑意留给路人

是它让我相信

小院不是坟墓

老天已收走了

那块墓碑

这 场 雨

黎明之前

雨来穿越黑暗

这是天在宣扬什么

还是在抚慰什么

我们各睡各家

墙却是挨着的

提桶有声地响起

忘了大美不言

一天到来前

自己先浸泡一会儿

我在深处逃逸

我热衷于歌唱大江大河

却忽略了家门口的小溪

它好像就是用来聆听的

我难怪看不见它饱含的泪泉

它已经把歌唱的我交了出来

却把沙子的锋利留给了自己

靠它眼里的水已很难泛起潮水
柳絮加冕过的树木也进入雕刻时

我一次次在车窗里窥视
记忆犹新，却像在深处逃逸

我来自木雕图案里

樟香悠悠
来自老屋的雕刻图案
它似乎是一个田园里
许多警醒的眼睛睁着

有一晚
我忽然想起逃离
过道首先通风报信

门厅张开了黑暗的大嘴

堂屋，祖父端坐

劈头就是一句

——不肖子孙

我开始认定

我本来就来自木雕图案

祖父的祖父弄木雕，平安一世

祖父喜欢木雕，家有豪宅

父亲不愿学，喜欢开火车

——却脱轨了

我看这些图案

三英战吕布，好生霸气

虎啸山林，是村后山的造型

仕女倦鸟，青山逸云

一刀一刀，刻出的都是樟树之香

今天我把它拌成奶昔

涂在鸟的翅膀上，还是香樟悠然

还是说着万物不虚空

防 空 洞

我一个人

在里面挥舞阴影

松树递给我

一个古老的扳手

我能自言自语

就不能叫一无所有

西湖五题（组诗）

湖畔居喝茶

雨后初霁
天空垂下无数根须

这是善的念头哇
断桥无数花伞浮游

这初秋的莲叶
湖上更多

它撑着
飞鸟的幸福
和光芒的本质

菜 地

祖父种的蔬菜

总是长得最好的

村里人路过菜地

都会一次次地回头

好像亲人之间有别离

许多人

爱讨上一个包菜

或几支水芹

祖父让他们自己摘

弯腰的时候

我看见土地里有深意

这块地

其实是在溪滩之上

祖父不种了

可能是老天帮他种着

我们年年吃用不愁

西湖边的一块菜地

很像祖父种的那一块

竹篱笆围着

一阵风拂过菜园

很像是祖父走过

新 湖 畔

大半生最美好的事

就是成了湖畔的一株梧桐树

自己开始喜欢上了自己

这才是真正的成功

西湖不再是柳树手脚并拢

头上雨滴也是自然垂落了下来

站在暖暖的影子里

保俶塔拆了梯子

湖水不练习五体投地

环绕一圈固然美丽

但还是喜欢被湖岸束缚在一起

湖水内充满灵感

正是一个灵魂的悠然

我坐在人来人往的地方

望着映月三潭

只要一想起这是件美好的事

孤山的雪人就笑喷梅花

跋

我断断续续写诗已有几十年，难获成就，但自我满足。我总觉诗歌是美好的，给人愉悦，又必须是抒情的，让我的生活充满想象。至于诗歌技巧，因人而异，至少我是有感而发，是轻技型。

估计以后还会有书，故不赘述了，在此致谢关心此书的各位。

个人资料：许春夏，浙江师范大学中文系毕业，一直从事新闻、公务工作，曾任东阳市作协主席，现在浙江广播电视集团工作，曾在《人民日报》《光明日报》《星星》《联合报》等报刊发表诗作一百多篇。有诗集《爱心芬芳》由香港亚洲出版社出版，散文集《一夜一生》由中国文联出版社出版。